Un cas per a tu

...i la Penya dels Tigres

Primera edició: juny de 1998
Sisena edició: agost de 2003

Direcció literària: Montse Ingla Mas
Edició: Núria Font i Ferré
Traducció: Anna Tortajada i Orriols
Il·lustracions i coberta: Werner Heymann
Disseny de la coberta: Estudi SM

Títol original: *Die Monster-Safari*

Balmes, 245 - 08006 Barcelona
editorial@cruilla.com

Comercialitza: CESMA, SA
Catalunya i Balears: tel. 936 308 400
fax 936 308 750
cruilla.cesma@grupo-sm.com
C. Valenciana: tel 963 498 087
fax 963 474 836

ISBN: 84-8286-529-3
DL: M-30.972-2003
Imprès a Espanya / *Printed in Spain*
Impremta SM

Thomas Brezina

Un cas per a tu i
LA PENYA DELS
TIGRES

El safari dels monstres

Il·lustracions de Werner Heymann

Traducció d'Anna Tortajada

editorial cruïlla

Hola! Som la Penya dels Tigres!

Virgi – Constant com un tigre
Lluc – Llest com un tigre
Pau – Fort com un tigre
______________ - ________ com un tigre
(el teu nom)

Nom: Pau
Edat: 12
El meu fort: abans estava gras, ara sóc musculós. M'entreno cada dia. Hi ha qui diu que no sóc gaire llest. Són ganes de parlar!
El meu problema més gran: a vegades em domina la por! No ho digueu a ningú!
Trobo fantàstic: les pel·lícules d'acció, les coses que fan riure, l'esport, el meu conill Beni.
Tret identificatiu: gairebé sempre porto un xandall.

Nom: Virgi (en realitat, Virgínia)
Edat: 12
El meu fort: col·lecciono tota mena de coses i m'agrada ser jo qui talla el bacallà. A vegades els nois són terriblement aturats!
El meu problema més gran: sóc molt tossuda i això sovint treu de polleguera els altres!
Trobo fantàstic: la roba xul·la, el gelat d'avellanes, les llaminadures, cuinar, els cavalls.
Tret identificatiu: sempre tinc a mà alguna cosa per picar.

Nom: Lluc
Edat: 11
El meu fort:
tinc deliri pels experiments, els ordinadors i tota mena d'aparells teledirigits. Fins i tot he construït una nevera voladora!

El meu problema més gran: al meu voltant regna sempre el caos més absolut! Sempre estic buscant alguna cosa.
Trobo fantàstic: les hamburgueses, els llibres que tracten de temes interessants (víkings, invents i coses així), la meva agenda ordinador, que he anat retocant fins a convertir-la en una meravella.
Tret identificatiu: no vaig enlloc sense la meva bossa de detectiu.

Ara tu ets un de nosaltres!
Presenta't, sisplau:

Enganxa una fotografia teva

Nom: ____________________
____
Edat: ____________________
El meu fort: ____________
____
____
____
El meu problema més gran: ______________
____
____
Trobo fantàstic: ________________________
____
____
Tret identificatiu: ______________________
____
____

Ara mateix començarà un nou cas per a tu i per a nosaltres!

MOLT IMPORTANT

Tu també pots participar en la nostra aventura. Al llarg del llibre, trobaràs preguntes que, amb el teu bon olfacte i enginy, podràs contestar.

Les preguntes estan marcades així:

Rumia bé i trobaràs la resposta correcta! A l'agenda-ordinador d'en Lluc podràs comprovar si tens raó. Posa-hi el descodificador de La Penya dels Tigres al damunt, i fes-lo girar fins que hi puguis llegir la solució.

El descodificador i tot el que necessitis per al cas ho trobaràs en un sobre especial al final del llibre!

Recorda: Posa't un punt a la fitxa cada vegada que encertis la solució! La fitxa la trobaràs a la pàgina 124.

I ara, vinga, som-hi!

ÍNDEX

Monstres?

—MIREU! Sota aquell arbre pelat hi ha una lleona amb els seus cadells! –va cridar la Virgi, tota entusiasmada.

–Les heu vistes, aquelles tres girafes, a l'altra banda, prop de l'aigua? –va preguntar en Pau.

–Ostres! Què és allò? –va exclamar en Lluc, esglaiat–. Sembla un monstre...

–Em sembla que has agafat una insolació! –va somriure la Virgi amb malícia.

En Lluc va fer que no amb el cap i va assenyalar un grupet d'arbres.

–Ho he vist perfectament. Tenia un cap enorme i la pell molt arrugada.

Els seus dos amics de la Penya dels Tigres es van mirar somrient i van pensar: «Està com un llum!» I després es van posar a riure i en Lluc, enfadat, va esclatar.

–Era un monstre, no hi tinc pas tomàquets, a la cara, sinó ulls!

El conductor del jeep descapotable on anaven tots tres es va posar un dit damunt dels llavis i va murmurar:

–Calleu, o espantareu tots els animals.

L'home es deia Jan i era guarda de la Reserva Natural del Doctor Willis. Aquest parc era al cor de l'Àfrica i comprenia una enorme superfície de terreny en la qual estava totalment prohibit caçar. Ni tan sols s'hi podien fer safaris fotogràfics. La Virgi, en Lluc i en Pau tenien la immensa sort de poder visitar aquell parc natural perquè en

Jan era un vell amic i company d'escola de la mare d'en Lluc i havia conegut la Penya dels Tigres l'última vegada que havia estat a Europa. I com que li havien caigut bé, els havia convidat a passar una setmana amb ell i a acompanyar-lo en els seus recorreguts pel parc natural. Tots tres estaven drets a la plataforma d'un jeep descapotable i observaven tranquil·lament uns animals que només podien veure al zoo.

–Era un monstre... de debò... i caminava dret sobre dues potes! –no parava d'insistir en Lluc. Va agafar els prismàtics que duia penjats al coll i va mirar cap als arbres pelats.

Però del suposat monstre ja no en quedava cap rastre.

Potser sí que els ulls li havien jugat una mala passada i es tractava simplement d'una ombra.

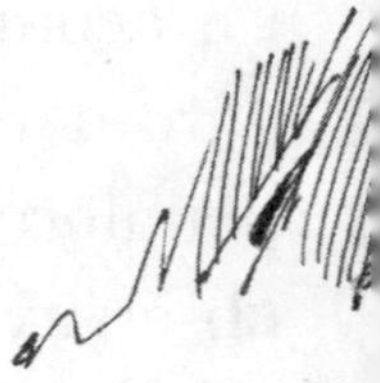

–Ep, un moment! –va fer una estrebada a la samarreta de la Virgi i va exclamar esverat–: Nois, això..., això sí que sembla perillós.

Què ha descobert en Lluc?

Un trajecte infernal

AQUEST COP la Virgi i en Pau no van riure pas.

–Què hi fa una màquina d'aquestes, allà? –volia saber en Pau.

En Jan, que portava un mocador lligat al front, jugava nerviós amb les ulleres de sol. De sobte, havia canviat. Fins en aquell moment, havia estat molt simpàtic i havia contestat amablement totes les preguntes dels seus hostes. Però aquesta vegada no va respondre, i estava molt seriós.

–Hem de tornar al campament ara mateix! –va dir.

La Penya dels Tigres no va tenir ni temps d'asseure's, abans que en Jan pitgés a fons l'accelerador. Tots tres van caure a la dura plataforma i es van aferrar com van poder a les barres que aguantaven la lona del sostre.

El jeep corria a tota velocitat per un terreny ressec i ple de sots. La Virgi, en Lluc i en Pau s'havien d'agafar fort per no saltar fora del cotxe d'un bot.

–Jan, què passa? Sisplau, no corris tant! –cridava la Virgi. Un enorme núvol de pols li va anar a la cara i la noia es va posar a tossir de mala manera.

En lloc de reduir la velocitat, en Jan encara va donar més gas. El motor gemegava, les rodes giraven i giraven, els amortidors grinyolaven a cada sotrac.

De cop i volta, però, el motor es va aturar i va deixar anar un lleu bombolleig abans d'apagar-se del tot. El jeep va rodar un parell de metres per inèrcia i es va aturar enmig d'una extensa clariana de color marró.

En Jan va mirar frenètic al seu voltant i va intentar tornar a engegar el motor. Però no ho va aconseguir. Ho va intentar una segona vegada i una altra, però de sota la capota del motor només en sortia un grinyol ofegat.

El guarda del parc es va girar cap a la Penya dels Tigres.

–Què..., què farem ara? Aquí no podem baixar del cotxe. Seria perillós! –els va cridar amb cara de preocupació.

En Pau va indicar un llumet que s'havia encès al tauler i va exclamar:

–Jo trauria el contacte ara mateix, si no es descarregarà la bateria.

–Ei, per què t'has posat a córrer d'aquesta manera? T'has carregat aquesta carraca! –va dir la Virgi–. Has fet saltar el motor!

–Els motors no salten! –li va aclarir en Pau i li va explicar per què el jeep s'havia aturat.

Pregunta per a tu

Per què s'ha aturat?

L'atac

—I ARA què farem? –va preguntar la Virgi, espantada.

En Jan, nerviós, s'estirava els cabells que li sortien per sota el mocador.

–Baixar del cotxe aquí, enmig de la sabana, és un disbarat, queda descartat! –va dir com si pensés en veu alta.

El perill que algun animal salvatge els ataqués o que els empaités un ramat d'elefants era massa gran. A més, hi havia tota mena de serps verinoses i, prop de les basses, hi havia eixams de milions de mosquits que podien transmetre malalties perilloses.

Els tres amics de la Penya dels Tigres van mirar al seu voltant. Però en tota aquella extensió no s'hi veia un sol animal. Es podien amagar la mar de bé entre l'herba alta i seca, i potser apareixerien de sorpresa en qualsevol moment.

–Els monstres..., allà! –va gemegar en Lluc.

Va assenyalar cap a l'oest, on el sol s'acostava a poc a poc a l'horitzó. Sota aquella llum resplendent, havien aparegut un seguit de figures amenaçadores que es movien d'una manera peculiar. Amb els prismàtics, en Jan i la Penya dels Tigres van veure que tenien uns braços molt llargs, que gairebé els arribaven a terra. Caminaven inclinats cap endavant

com si no es poguessin posar drets del tot. Tal com en Lluc els havia descrit, els caps cridaven l'atenció de tan grossos que eren i tenien una forma que esgarrifava. Però com que estaven

a contrallum, els tres amics Tigres, enlluernats, no podien distingir-ne els detalls.

–Jan, fes alguna cosa! Treu-nos d'aquí, que se'ns acosten! –va exclamar en Pau.

En Jan va mirar cap a l'est i va dir, mort de por:

–Oh no, m'ho temia! Aquell d'allà es disposa a atacar-nos! Està molt enrabiat!

–Qui..., un monstre? –va preguntar en Lluc, esverat.

Pregunta per a tu

Qui vol atacar el jeep?

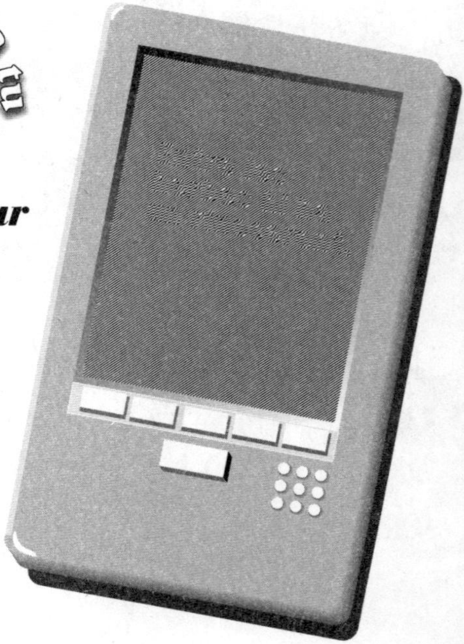

Dues tones a la càrrega

—UN RINOCERONT! Ens ha descobert! –va murmurar en Jan.

La Penya dels Tigres també va veure el rinoceront, que acotava el cap amenaçador.

–Aquesta bèstia arrencarà a córrer d'un moment a l'altre. Quan comenci a galopar, salteu fora del cotxe i seguiu-me. Però no ho feu ni un segon abans que no us avisi, entesos?

El rinoceront va acotar el cap gairebé fins a tocar el terra i va apuntar el jeep amb la banya. Un moment després, aquell cos que pesava un parell de tones es va posar en moviment.

–Salteu! –va ordenar en Jan, i tots van saltar del cotxe i es van posar a córrer tan de pressa com van poder.

Al cap d'un moment es va sentir un cop eixordador. Era com si dos cotxes haguessin topat.

Quan es van girar, van veure que el rinoceront havia envestit el jeep. El cop havia estat tan fort que el cotxe havia bolcat i havia quedat de costat.

El rinoceront l'ensumava i movia el seu cap enorme.

–Però per què hem hagut d'esperar tant a saltar del cotxe? Ens hem exposat a un perill mortal! –va xisclar en Pau amb la veu escanyada per l'esglai.

–El rinoceront tria el seu objectiu i després, quan arrenca a córrer, tanca els ulls. Si haguéssim saltat, s'hauria llançat contra nosaltres –va xiuxiuejar en Jan–. I ara no us mogueu gens, hem d'evitar que ens vegi.

Quan el rinoceront va marxar cap a una altra direcció, van respirar més tranquils.

Van tornar cap al jeep i van veure tot de coses que havien caigut en bolcar el vehicle. Ho van recollir i en Pau va trobar una llista dels objectes de l'equip que portava el tot terreny.

Potser hi havia alguna cosa que els seria útil en la seva situació. Però què?

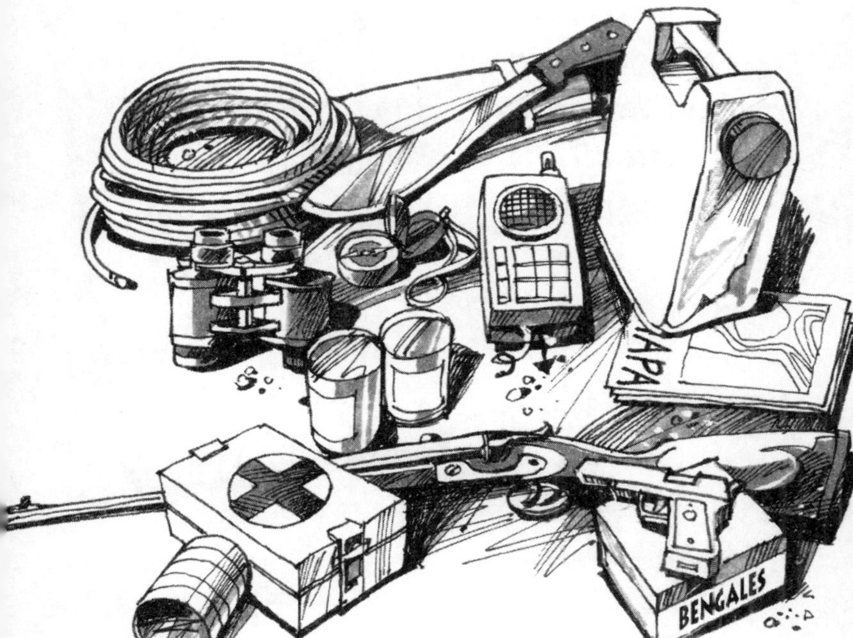

Què poden fer servir per demanar auxili?

Què li passa, a en Jan?

LA PENYA DELS TIGRES i en Jan van haver d'esperar molt per rebre ajut. Quan ja feia més d'una hora que havien encès les bengales, van veure un núvol de pols que s'acostava per l'oest. Un jeep, pintat com una zebra, es va aturar, i un home corpulent en va baixar d'un salt. Duia unes botes de color clar que semblaven massa grosses. Tenia el cap petitíssim i uns ulls grossos i sortints que encara es veien més grossos a causa de les ulleres que duia. L'home es va posar a parlar amb en Jan gesticulant molt. Assenyalava la Penya dels Tigres i

semblava que fes greus retrets al guarda del parc. Després va tornar a pujar al jeep.

–Va, pugeu. En Martin ens durà fins al campament –va dir en Jan–. És un company meu i, per sort, ha vist els senyals d'auxili.

Durant el viatge de tornada, en Pau va preguntar en veu baixa a en Jan, que seia al seu costat a la part del darrere del jeep:

–T'ha esbroncat per culpa nostra? Com és que el teu company és tan antipàtic?

–Tenim problemes molt greus –va murmurar en Jan–. Fa tres setmanes, el doctor Willis va tenir un accident mortal i ningú no sap què se'n farà, de la reserva. A més, hi ha un grup de caçadors furtius que ronden per aquí i que no aconseguim atrapar. En Martin troba que he estat molt imprudent de fer-vos venir amb mi a fer la ronda.

–Però per què? Per què et considera imprudent? –volia saber en Pau.

Aquest cop en Jan no li va contestar i en Pau va pensar que li amagava alguna cosa.

Havia de tenir alguna relació amb aquells monstres tan estranys. Des que havien aparegut, en Jan estava diferent.

Enmig del parc natural hi havia un centre d'investigació. Era un edifici de fusta, baix i allargat, amb un porxo que anava d'un extrem a l'altre de la façana del davant. Al costat de l'edifici hi havia unes quantes rodones de pedra, amb les teulades en forma de con, cobertes amb palla fosca.

La Penya dels Tigres s'estava en una d'aquestes cabanes, que tenia tres dormitoris. Per protegir-se d'un possible atac dels animals, l'edifici principal i les cabanes rodones estaven rodejats d'una tanca molt alta. Només hi havia una portalada, molt gran, que s'obria quan s'acostava un jeep.

La Virgi, en Lluc i en Pau es van asseure a la seva cabana, sota el ventilador del sostre, i es van posar a parlar.

–Aquella serra mecànica potser era dels caçadors furtius –va dir en Pau.

La Virgi es va tocar el front amb un dit, tot rient, i va dir:

–I què cacen amb la serra? Arbres? –però de seguida es va disculpar per haver fet aquell acudit tan dolent. Perquè acabava d'adonar-se que en Pau podia tenir raó.

Pregunta per a tu

Què serren els caçadors furtius?

Nous convidats

—QUE BÈSTIES QUE SÓN! –va exclamar en Lluc, indignat.

La Virgi va fer que sí amb el cap, perquè pensava el mateix.

–El que passa és que de les banyes de rinoceront i dels ullals d'elefant se'n treuen molts diners. Un quilo de banya de rinoceront val tant com un quilo d'or.

–Sort que el doctor Willis ja no hi és per veure com els caçadors furtius fan malifetes a la reserva! –va dir la Virgi.

El fundador del parc destinat a protegir sobretot els animals en perill d'extinció havia mort d'accident tres setmanes abans. Durant un vol de rutina, l'helicòpter amb què anava s'havia estavellat en un congost. S'havia cremat tot, de manera que ni tan sols s'havia trobat el cadàver del doctor Willis.

Un gong va avisar la Penya dels Tigres que era l'hora de sopar. Davant de la cabana on hi havia instal·lada la cuina, es van anar reunint els guardes, els zoòlegs i altres col·laboradors. Els Tigres es van asseure a la llarga taula i es van mirar estranyats en Jan, que s'havia quedat dret.

–M'agradaria presentar-vos dues senyores! –va anunciar el guarda. Va assenyalar una dona jove i delicada, que semblava molt tímida, perquè no apartava els ulls de la punta de les seves sabates.

–És la Diana, la filla del doctor Willis! –va explicar en Jan–. Es quedarà a viure durant un temps a la casa del seu pare, perquè vol conèixer aquest parc.

Els empleats, per saludar-la, es van posar a picar la superfície de fusta de les taules. La Diana va alçar un cap ple de rínxols foscos i va somriure molt breument.

–I aquesta d'aquí és la Nora Costa! –va dir en Jan, que amb un moviment de mà va assenyalar una dona molt elegant que hi havia al costat de la Diana. Duia els cabells,

d'un ros fosc, pentinats tots cap al mateix costat, i de les orelles li penjaven uns peixets de plata.

–La doctora Nora Costa! –la dona va corregir el guarda amb prepotència–. He vingut a vetllar pels interessos de la Diana. Així que durant els propers dies, m'agradaria parlar amb cada un de vostès. Això és tot el que els he de dir, per ara.

En Pau, en Lluc i la Virgi van mirar la dona de dalt a baix.

–És una científica o una guarda de parcs? –va preguntar en Pau.

–Una guarda segur que no! –va dir la Virgi, en veu baixa.

–I una científica que estudiï els animals tampoc! –va dir en Lluc.

Pregunta per a tu

Per què la Virgi i en Lluc creuen que la Nora Costa no és ni una científica ni una guarda?

Moviment nocturn

LA DIANA WILLIS –com tots els altres– va servir-se un bon plat de guisat de verdures al curri, que feia una olor boníssima, i es va asseure en un lloc que quedava lliure al costat de la Virgi.

–Això del teu pare... em sap molt de greu –li va dir la Virgi.

–Et pots estalviar la compassió! –li va replicar la Diana, amb males maneres.

La Virgi, estranyada, es va fer enrere i va murmurar:

–Per... perdona.

L'ambient general era molt tens.

«Aquí hi ha alguna cosa que no rutlla», es va dir la Virgi.

A mitjanit, un gos es va posar a bordar. Era el Lumpi, el petaner pelut del cuiner.

Com que no parava de bordar, la Virgi, que no havia deixat de regirar-se a l'hamaca, neguitosa, es va incorporar i el va escridassar:

–Calla d'una vegada!

Com que ja s'havia desvetllat va decidir sortir a prendre una mica l'aire. De totes maneres, amb tot aquell xivarri tampoc no podria tornar-se a adormir. Quan va sortir de la cabana, la lluna il·luminava el recinte. De sobte, la gran portalada de la tanca va grinyolar i la Virgi va veure que una figura fosca se n'anava.

Dos minuts més tard va sentir, lluny, el soroll d'un motor. El vehicle es va allunyar a gran velocitat, perquè aviat va tornar a regnar el silenci.

«Qui deu ser?», es va preguntar la Virgi. «I per què surt d'amagat a mitjanit?»

Pregunta per a tu

A qui ha vist la Virgi?

Un lladre!

L'ENDEMÀ al matí, abans d'esmorzar, els nois van escoltar, sorpresos, el relat de la Virgi.

–O sigui que aquesta tortuga toca el dos d'amagat! –va rondinar en Lluc.

–Què? Qui? Tortuga? –va preguntar la Virgi.

–En Martin. No trobeu que fa pinta de tortuga? –va replicar en Lluc.

I si el guarda estava relacionat amb els caçadors furtius? O potser ell mateix caçava elefants i rinoceronts!

En aquell moment, procedent de la casa del doctor Willis, els va arribar un xiscle. Tots tres van arrencar a córrer cap allà. Van pujar els tres graons d'un salt i van obrir de cop la porta d'entrada.

Es van aturar esglaiats, perquè a terra, al vestíbul, hi havia la Diana. Duia una samarreta llarga i blanca, que devia fer servir de camisa de dormir, i estrenyia amb força alguna cosa contra el pit.

–Què ha passat? –va preguntar la Virgi, esverada.

En Lluc es va ajupir per ajudar la Diana, però ella el va empènyer amb brusquedat.

–Deixeu-me en pau! No n'heu de fer res! –els va engegar.

–Et surt sang! –va comprovar en Lluc, espantat.

La Diana tenia una ferida al front.

Un home jove va arribar corrent. Anava vestit amb roba de safari i recordava l'Indiana Jones. En una mà hi duia un barret de feltre marró i a l'altra, un paquet de tiretes i una ampolla de desinfectant. Es va agenollar al costat de la Diana i li va examinar la ferida.

–No és res, vaja –li va dir. Abans que la noia pogués protestar, ja li havia posat una tireta–. Ja veuràs com quan et casis ja no tindràs cap marca ni res. –Llavors va somriure.

La Diana es va aixecar amb esforç i va desaparèixer per una porta. En cap moment no havia deixat d'estrènyer el que tenia a les mans.

Què amagava?, es preguntava la Penya dels Tigres.

Durant l'esmorzar, els tres Tigres van saber qui era l'home vestit de safari. Es va presentar com a Tony Randall i era botànic.

–M'ocupo de les plantes del parc natural, perquè tots els animals tinguin sempre prou menjar, vaja! –els va explicar.

Llavors els tres amics van voler saber què li havia passat, a la Diana.

En Tony es va assegurar que ningú no els sentia i els va xiuxiuejar:

–Algú ha entrat a robar a la casa i ella l'ha sorprès, vaja.

–Un lladre? –va preguntar en Lluc.

–Pst! –va fer en Tony–. El lladre ronda per aquí. No ha de sospitar que li vaig al darrere. Podeu estar ben segurs que no se m'escaparà!

–Però què li volia robar? –va preguntar encuriosit en Pau.

En Tony va arronsar les espatlles.

–Noi, no en tinc ni idea. La Diana no en vol parlar.

–Potser el lladre volia allò que la Diana tenia tan ben agafat a les mans –va dir la Virgi.

A última hora del matí, mentre tothom treballava, la Penya dels Tigres va tornar a trobar la noia. Sortia de casa i volia anar

a buscar alguna cosa a la cuina. Com que fins aquell moment no havien tingut amb ella cap conversa agradable, es van limitar a saludar-la amb un moviment de cap i van continuar caminant.

–Ei, espereu-vos un moment! –els va cridar la Diana–. Perdoneu-me per haver estat tan antipàtica. Jo..., m'agradaria molt parlar amb vosaltres.

—Però dins de casa! —va dir en Lluc baixant el to de veu quan es va adonar que algú els observava.

Pregunta per a tu

Qui observa la Penya dels Tigres?

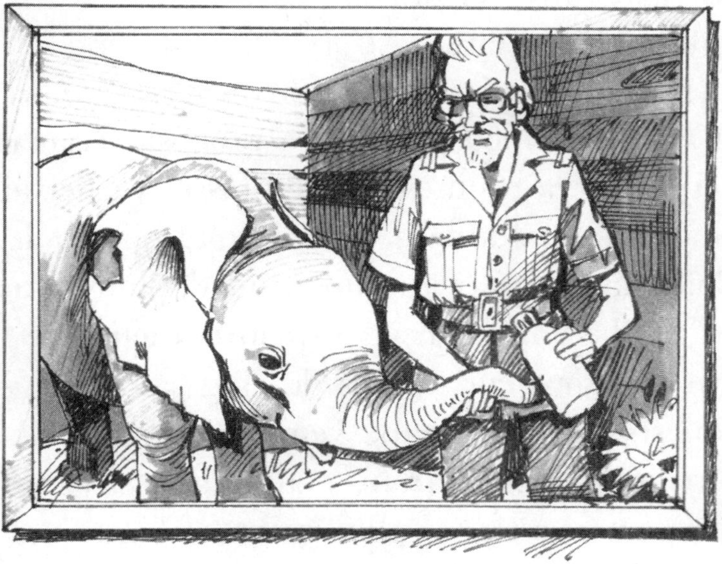

Una carta molt estranya

UN COP dins la casa, la Diana va acompanyar els tres amics fins a una sala d'estar molt agradable. A les parets hi havia magnífiques fotografies d'animals i una fotografia del doctor Willis amb un elefant petit.

La Diana la va assenyalar i va dir:

–Això va ser el principi de tot. Fa vint anys, el meu pare va trobar aquesta cria d'elefant. Els caçadors furtius li havien mort la mare i el meu pare es va proposar criar el petit i ho va aconseguir. Després el va deixar anar. Es diu Jumbo i encara volta per aquí. Coneixia el meu pare, fins i tot de lluny, i a mi també em reconeix. I quan el meu pare feia tres sons curts i tres de llargs amb aquest xiulet, el Jumbo venia de seguida, a corre-cuita. Era estrany perquè aquest és un comportament poc usual en un elefant.

La Diana va donar a en Pau un xiulet gros com una mà, tallat en fusta, que produïa un so greu i fort.

–El meu pare va dedicar tots els seus esforços a aquest parc destinat a la protecció dels animals, i jo..., jo havia de viure en un internat perquè ell no tenia temps per a mi –va dir la Diana i va sospirar amb sentiment.

–I la teva mare? –va preguntar la Virgi, amb precaució.

–Va morir poc després del meu naixement –va dir la filla del científic, amb tristesa.

La Virgi i els dos nois van callar, commoguts.

–I jo..., quan us vaig veure vaig tenir-vos enveja perquè sou tan amics –va continuar la Diana-, i jo, d'amics, no en tinc. Ara, a més, també he perdut el meu pare. Per això vaig ser tan antipàtica. Sisplau, perdoneu-me.

Tots tres van fer que sí amb el cap. Podien entendre molt bé el que passava a la Diana.

–En Tony ens ha dit que aquest matí t'han volgut robar. És veritat? –volia saber en Pau.

–Sí, és veritat. Però en tot això hi ha una cosa molt estranya...

En Lluc es va posar un dit damunt dels llavis perquè la Diana no continués parlant. Es va acostar a un vell tocadiscos, va buscar un disc de música africana i el va posar, amb el volum al màxim.

–Ara sí que ningú no ens podrà sentir! –va explicar.

La Diana va tancar les cortines, perquè no els veiessin des de fora. Llavors va obrir un calaix de l'escriptori i en va treure una nota. La va allargar a la Penya dels Tigres i va dir:

–Vaig rebre aquesta carta l'endemà que s'estavellés l'helicòpter. Està escrita pel meu pare, però no entenc el que s'hi diu.

La Virgi i els nois van contemplar la nota mentre rumiaven. La veritat és que d'entrada el text no semblava que tingués cap sentit. Per això en Lluc el va escriure a la pantalla del seu miniordinador. El miniordinador d'en Lluc convertia en lletres d'impremta el que ell escrivia a mà i ho analitzava. No el va poder desxifrar del tot però va obtenir un resultat: «Cinc vegades Doctor Willis.»

–Que no funciona, l'ordinador? –va preguntar la Virgi.

–No, és que es tracta d'un codi molt complicat. Però sabem que el nom del doctor hi surt cinc vegades. Potser si l'esborrem del missatge, podrem saber què s'hi diu –va dir en Lluc.

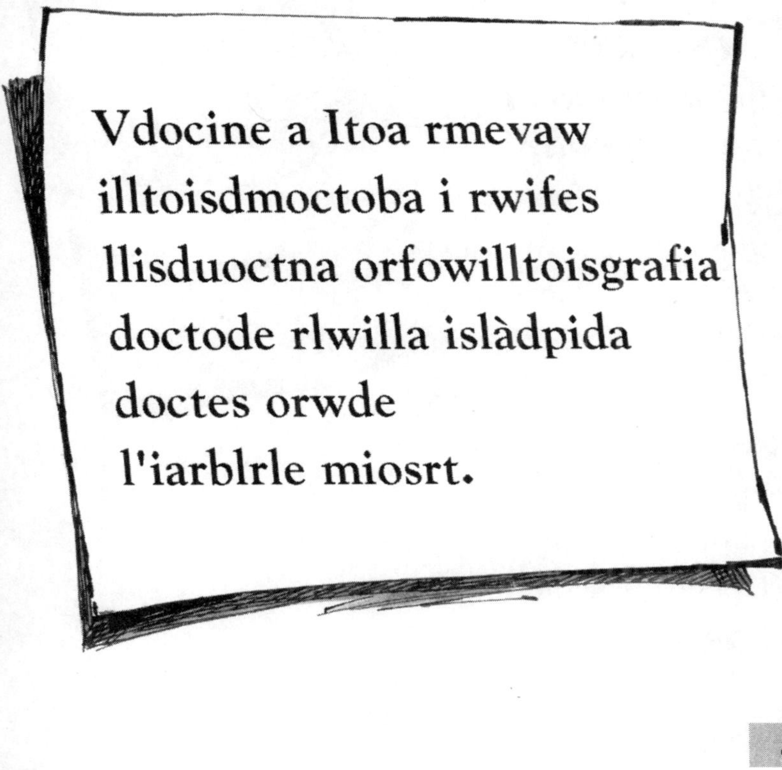

–Quèèè? –en Pau i la Virgi no entenien absolutament res.

Què s'hi diu, a la carta xifrada?

Què vol dir tot això?

—QUÈ? –la Virgi va llegir i rellegir el missatge un cop desxifrat–. Això el doctor ho devia escriure molt poc abans de morir. A què es deu referir?

–Has rebut cap altra carta? –li va preguntar en Lluc.

La Diana va fer que sí amb el cap i va treure del mateix calaix de l'escriptori un sobre de color marró. En va treure una carta transparent.

Consell de la Penya dels Tigres

Trobaràs la carta a la butxaca del final del llibre.

–No tinc ni idea de què he de fer amb això –va dir desorientada.

–Farem una fotografia de la làpida que hi ha a la tomba i després posarem això damunt la foto! –va proposar en Lluc–. Ja veurem què passa.

La Diana va tornar a tancar les dues cartes del seu pare a l'escriptori.

A fora, en Jan cridava la Penya dels Tigres. Tots tres van sortir de la casa i el guarda els va informar que tenia previst fer una ronda aèria pel parc natural. Els va convidar a anar amb ell. Com que ells no s'acabaven de decidir, els va dir amb fermesa:

–Em sembla que val més que vingueu. És a dir, heu de venir amb mi. No us penso deixar aquí sols!

Els tres amics van fer que sí amb el cap. Ja farien la fotografia més tard.

El vol per l'immens parc salvatge va ser una experiència excitant. En Jan els anava indicant la presència de molts animals que ells no haurien vist mai. Els va ensenyar els camins que utilitzaven els elefants en les migracions i el rastre que deixaven.

–Allà on ells s'aturen a menjar, tot queda literalment pelat! –va comprovar en Lluc, meravellat.

En Lluc va treure una càmera de la seva cartera especial i es va posar a fer fotografies.

L'interessaven sobretot els ocells que volaven per sota d'ells.

Ja era primera hora de la tarda quan en Jan va fer aterrar el seu aparell d'observació en un gran prat que hi havia darrere el centre d'investigació. Allà els esperava un jeep, per dur-los fins a les cabanes.

La Diana els esperava, esverada.

–M'han robat les cartes! –va dir a la Virgi a cau d'orella mentre l'abraçava.

–Què? –va exclamar la Virgi, espantada, i va córrer cap a la casa del doctor Willis. En Lluc i en Pau la van seguir.

Algú havia forçat l'escriptori. El lladre havia buidat tots els calaixos i compartiments i havia escampat per terra tot el que hi havia a dins.

–De pressa, primer de tot hem de buscar rastres! –va dir en Lluc. I els membres de la Penya dels Tigres es van ajupir i van recórrer l'habitació de quatre grapes. Van comprovar que el lladre havia entrat per la finestra.

–Ei, un moment! –va exclamar la Virgi, quan ja estaven a punt d'abandonar l'escorcoll–. Ja sé qui ha estat en aquesta habitació.

Qui ha entrat a la casa?

Quina història!

LA PENYA DELS TIGRES es va precipitar immediatament cap a la cabana on s'allotjava la Nora Costa. Ella els va llançar una mirada fulminant i els va engegar:

–Fora d'aquí!

–Amb molt de gust, però primer torni'ns les dues cartes! –va dir la Virgi, amb valentia.

–No et permeto que em parlis en aquest to! –es va indignar la Nora Costa.

–I nosaltres no consentirem que vostè robi a la Diana! –va replicar la Virgi.

–Toqueu el dos! Us enviaré cap a casa en el proper avió!

–Mireu, les cartes, són aquí! –va exclamar la Virgi, mentre assenyalava una tauleta que hi havia al costat de l'hamaca. Amb la rapidesa d'un llamp, les va agafar i després, tots tres van arrencar a córrer. Van explicar a en Jan el que havia passat i el guarda del parc els va prometre que parlaria molt seriosament amb la Nora Costa. Abans de sopar, la Penya dels Tigres va veure com la Nora Costa abandonava el campament.

–La durem amb l'helicòpter fins a l'aeroport més proper. Havia aconseguit esquitllar-se al campament fent-se passar per advocada. Se suposava que li havien encarregat fer complir el testament. –Els explicava en Jan–. En realitat, és periodista i treballa per a un diari sensacionalista.

–Ha estat ella qui ha intentat robar les cartes aquesta matinada i ha fet caure la Diana? –volia saber la Virgi.

–No, ha estat algú altre; almenys ella ho nega.

–Però, per què s'ha volgut infiltrar precisament en aquesta reserva? –en Lluc va mirar en Jan amb expressió interrogadora–. Que potser s'ensuma una bona història? Sí? Quina?

–Bé..., es veu que... li han arribat rumors... –va dir en Jan. Però no els va voler explicar res més.

La Diana va quedar molt alleugerida quan li van tornar les dues cartes.

–Ei, per què no anem d'una vegada a fer la fotografia? –va preguntar en Lluc. La Virgi i en Pau van estar-hi d'acord.

La Diana els va acompanyar fins al darrere de la casa, on havien col·locat una làpida en memòria del doctor Willis. La pedra estava molt allisada i hi havia unes inscripcions fetes amb pintura negra.

–Em van dir que ell mateix havia triat aquesta làpida –va dir la Diana en veu baixa–. Es veu que ja fa anys que la tenia en un cobert.

En Lluc va recolzar l'esquena al tronc d'un arbre sec que encara alçava les branques nues cap al cel. Va fer unes quantes fotografies de la làpida amb la intenció de revelar-les aquella mateixa nit.

Poc després de les nou, la Penya dels Tigres tornava a ser a casa la Diana. En Pau va deixar la fotografia de la làpida damunt la taula i va posar-hi a sobre la misteriosa reixeta. Llavors van fer un descobriment sorprenent.

Pregunta per a tu

Què han descobert?

Consell de la Penya dels Tigres

Posa la reixeta
damunt la fotografia.

Un tret

—AIXÒ és..., és increïble! No m'ho puc creure. Us sembla que pot ser veritat? –va exclamar la Diana, tota esverada.

En Lluc ja sospitava que el doctor Willis encara era viu i que la seva mort només havia estat un estratagema. Ara en tenien una prova ben clara.

El noi va estripar la fotografia en bocins molt petits.

–Escolteu –va dir–. El doctor volia desaparèixer per algun motiu, i ha organitzat tota aquesta maquinació.

–Però, per què? –van preguntar en Pau i la Virgi alhora.

En Lluc va arronsar les espatlles.

–El més important, ara mateix, és que tothom continuï creient que el doctor és mort, entesos? –va dir molt seriós als seus amics Tigres i a la Diana.

–Segur que tot això té alguna cosa a veure amb aquells monstres! –va exclamar la Virgi.

–I jo m'hi jugo el que vulgueu que el senyor tortuga hi està embolicat! –va afegir en Pau. Quan va veure la mirada desconcertada de la Diana, li va explicar de qui parlava.

En Lluc desconfiava fins i tot d'en Jan. Estava totalment convençut que el guarda sabia més coses d'aquells monstres. Així doncs, havien d'anar amb compte amb ell.

L'endemà en Jan volia anar fins al riu, que era ple d'hipopòtams, i també va demanar als tres amics que l'acompanyessin.

Però com que ells s'havien proposat dur a terme una sèrie d'investigacions per les cabanes, van dir que tenien mal de panxa. Es recargolaven pel llit i feien uns gemecs tan ben fets, que el guarda s'ho va creure i els va deixar quedar.

Quan ell va ser fora, la Virgi i els nois van començar a inspeccionar el campament.

Van treure el nas per les cabanes, però no van descobrir res de sospitós.

Tot d'un plegat, es va sentir un tret.

Tots tres es van tirar a terra, espantats. Un ocell que volava per sobre seu va xisclar i, esverat, va emprendre el vol.

–Qui ha disparat? –va exclamar en Lluc.

Però no hi havia ningú a la vista per enlloc.

I tampoc no van sentir passos de ningú que fugís.

–Llavors només pot haver estat el cuiner! –va dir en Lluc, molt convençut.

Els tres amics van anar cap a la cabana on hi havia instal·lada la cuina.

En aquell moment, el corpulent cuiner pastava una massa i taral·lejava una ària d'òpera.

–Què hi ha, canalla, com va tot? –els va preguntar, amistós.

–Vostè acaba de disparar un tret, oi? Per què? –li va preguntar en Lluc.

–Un tret? –va preguntar el cuiner, sorprès–. Quina ximpleria!

La Penya dels Tigres va fer un volt per la cuina però no hi van veure cap escopeta ni cap pistola.

Capficats, van sortir a inspeccionar els voltants. Quan passaven per darrere la cabana, en Lluc de poc no posa el peu en un clot.

–Ostres, què és això? –es va preguntar, molt sorprès.

–La terra encara està humida –va comprovar la Virgi–. Sembla una petita tomba, oi?

–No diguis bajanades! Llegeixes massa històries de terror! –va remugar en Pau.

Els nois van tornar a la cuina per preguntar al cuiner què era aquell forat.

–Ai, el Lumpi, el gos, ja en torna a fer de les seves! –va explicar l'home rient–. Deu voler-hi amagar algun os.

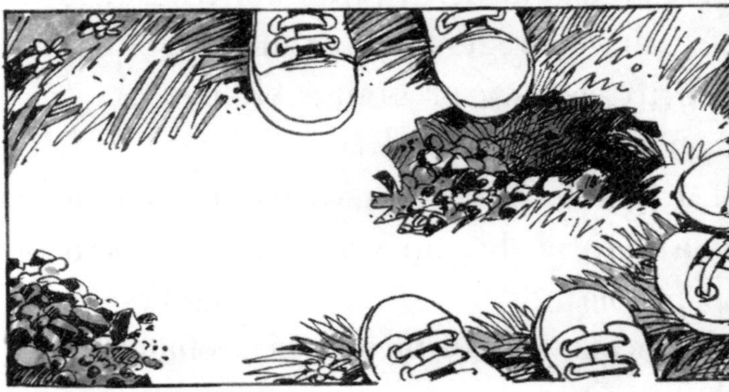

L'explicació era creïble, però era veritat?

Pregunta per a tu

És certa aquesta explicació?

Un encàrrec perillós

LA PENYA DELS TIGRES va tornar a entrar corrents a la cuina.

–Potser pot creure que els altres són uns babaus, però no pas nosaltres! Aquest forat l'ha fet vostè i no el gos –va exclamar en Lluc–. Per què ens ha volgut enredar?

Era evident que al cuiner el desconcertava moltíssim que l'haguessin enxampat. Aquella cara de pa de ral se li va posar vermella fins a les orelles.

–Doncs... és que... jo... –va tartamudejar.

–No el deixarem cuinar fins que no ens ho hagi explicat tot! –li va dir la Virgi–. I si cal, ens esperarem fins al vespre. Pensi que la gent es posarà furiosa si no els prepara un bon sopar!

Prou que ho sabia, el cuiner, fins a quin punt es podien enfadar els guardes i els altres treballadors del parc. Un cop, per fer-los una broma, havia posat mostassa picant a les croquetes i els altres, enfadats, el van tirar de cap al dipòsit de l'aigua.

–Bé..., ehem..., jo..., de tant en tant fem una partida de cartes i ens hi juguem diners, és clar. Darrerament he perdut sempre –va reconèixer el cuiner–. Però ahir em vaig trobar una nota amb instruccions a la meva hamaca. I l'arma. M'hi deien que avui al matí, quan aquell ocell volés per damunt les cabanes, li engegués un tret i després l'enterrés de seguida. Si ho feia, em donarien diners.

La Virgi, fastiguejada, va fer mala cara.

–I de veritat estava disposat a fer-ho? Per sort, ha fallat!

–Quina mena d'ocell havia de matar? –va preguntar en Pau.

El cuiner va encreuar els braços damunt de la seva panxota i va dir:

–No us penso dir res més. I explicaré a en Jan que no teníeu gens de mal de panxa. Com que heu dit una mentida amb això del mal de panxa, ara ningú no us creurà. O sigui que no expliqueu el que jo us he dit.

La Penya dels Tigres va sortir de la cuina en silenci.

–Per què li han fet aquest encàrrec tan estrany? –va dir en Pau, encuriosit.

–Perquè la persona que hi està interessada no pot fer la "feineta" personalment ella soleta –va explicar en Lluc.

–Però, què té d'especial aquest ocell? –va fer la Virgi–. Aquí està prohibit caçar i a més...

–Silenci! –va murmurar en Pau mirant cap al cel. L'ocell havia tornat. El tret el devia haver desorientat, perquè va fer unes quantes voltes i després va desaparèixer darrere els arbres.

En Lluc, com sempre, duia la cartera especial. En va treure el miniordinador i va escriure a la pantalla les paraules «ocells» i «estil de vol».

L'ordinador de seguida li va mostrar les imatges relacionades amb les diferents maneres de volar que hi tenia arxivades. Hi sortia l'ocell que havien vist feia un moment?

Pregunta per a tu

De quin ocell es deu tractar?

Consell de la Penya dels Tigres

Els estils de vol dels ocells els trobaràs a la targeta col·leccionable de la Penya dels Tigres.

Un tros de mapa

ELS TRES AMICS esperaven impacients la tornada d'en Jan. La Virgi continuava desconfiant-ne, però en Lluc la va tranquil·litzar.

–Mira, Virgi, aquest home és amic dels meus pares. La meva mare el coneix des que anaven a l'escola. Si fos un delinqüent segur que ella ho sabria.

La Diana també estava d'acord a demanar ajuda a en Jan. Quan el guarda va tornar del seu recorregut, ella li va demanar que anés a casa seva perquè volia parlar-hi.

El guarda va escoltar amb interès el que la Penya dels Tigres havia d'explicar-li i després va dir:

–Totes aquestes coses que m'expliqueu no em resulten del tot noves. Corre el rumor que el doctor Willis va haver de fugir d'algú. Però no tinc ni idea de qui. En tot cas, m'alegro molt que el doctor encara sigui viu.

–Digues d'una vegada què passa amb aquests monstres! –el pressionava la Virgi.

–Just després de la desaparició del doctor Willis vam rebre una amenaça. Ens deien que nosaltres només ens havíem d'ocupar dels animals, i no ficar el nas en cap altra cosa. I que si a algú li cridava l'atenció algun fet estrany, no hi havia de pensar més. Si no, hi hauria problemes, i greus. Enteneu ara per què volia allunyar-vos immediatament d'aquell lloc?

La Penya dels Tigres va fer que sí amb el cap.

–Estic segur que el colom és un colom missatger –va dir en Lluc–. I deu estar-se en algun colomar per aquí a prop. Tu n'has vist cap?

En Jan va dir-li que no, però es va oferir a buscar-lo.

I acompanyat de la Virgi i els dos nois, van anar cap al lloc on havien vist que el colom desapareixia entre els arbres. Efectivament, molt ben amagat en un arbre, hi havia un petit colomar.

–Quina pensada més astuta! –va reconèixer la Virgi–. Els coloms són fàcils de transportar i es poden deixar anar en qualsevol moment. Són segurs i ningú no pot sentir el missatge, cosa que no aconsegueixen els transmissors de ràdio.

En Pau es va enfilar amb agilitat pel tronc de l'arbre i va donar una ullada al petit colomar.

Amb molt de compte, en va treure un colom que duia un paquetet lligat a la pota. Devia acabar d'arribar i el receptor del missatge encara no l'havia anat a buscar. Li va deslligar el paquetet, va tornar a deixar la bestiola dins del colomar i va baixar de l'arbre. Un cop a baix, va desfer el paquet i en va treure un paperet.

–Mireu! –va dir.

–Un tros de mapa! –va comprovar la Virgi–. I hi han marcat un lloc amb bolígraf.

–Potser és un missatge del doctor Willis –va dir en Jan–. Deu voler fer saber on s'amaga.

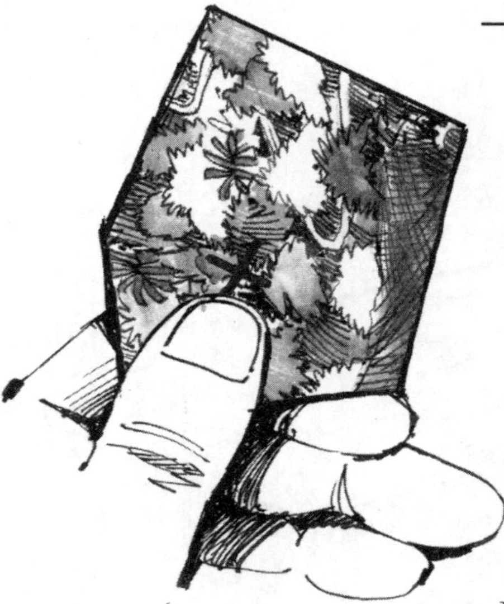

–Doncs si ha enviat un missatge, deu ser que aquí hi té algú que l'ajuda! –va deduir la Virgi.

–I també hi té un enemic que volia caçar el colom missatger –va afegir en Lluc.

Aleshores van anar a trobar la Diana per explicar-l'hi tot. Quan li van ensenyar el tros de mapa va dir:

–És un fragment d'un mapa del meu pare! –va exclamar–. Hi té marcats els llocs on s'agrupen certs animals. Per sort en tinc una còpia. Al pare li agradava ensenyar-me'l i explicar-me coses dels animals.

Va remenar per dins d'un calaix i en va treure un mapa.

Ara es tractava de localitzar l'amagatall del doctor Willis. La Penya dels Tigres havia de trobar on encaixava el fragment que havia portat el colom.

On és l'amagatall del doctor Willis?

Consell de la Penya dels Tigres

El mapa el trobaràs a la bossa del final del llibre.

Els monstres desapareixen

—OSTRES, l'amagatall del doctor és al costat del lloc on vam veure aquells monstres! –va exclamar en Jan, espantat.

Com que encara faltaven unes quantes hores per a la posta de sol, en Jan va decidir anar cap allà on havien vist els monstres, perquè el doctor Willis corria perill. Els tres amics de la Penya dels Tigres li van demanar amb insistència que els hi deixés anar, però es van haver de quedar al campament i esperar que el guarda tornés.

En Lluc se'n va anar a la seva habitació i va revelar la resta de fotografies que havia fet.

En Pau va buscar una ombra i es va posar a fer exercicis de musculació. I la Virgi es va dedicar a passejar-se entre les cabanes rodones.

–Vaja, per fi et torno a veure! Com va tot? –la va saludar una veu coneguda. Va girar el cap i va veure en Tony, que es llimava les ungles assegut a la porta de la seva cabana.

–Ets com un corcó, amb aquest «vaja» teu que dius a cada paraula! –va dir la Virgi, malhumorada. Estava de mala lluna perquè en Jan no havia volgut que l'acompanyessin.

En Tony li va fer un gest perquè s'acostés.

–Ei, escolta, aquí al campament hi passa alguna cosa que em fa mala espina. A més, m'he adonat que a segons qui no li fa gens ni mica de gràcia que vosaltres rondeu per aquí! –li va xiuxiuejar en to confidencial.

–Què vols dir amb això? –li va preguntar la Virgi.

–Jo, si fos de vosaltres, marxaria d'aquí a la primera ocasió que tingués –va respondre en Tony–. Jo també penso tocar el dos d'aquí a un parell de dies. Aquí en passa alguna. Aneu amb compte, marrecs!

La Virgi va fer que sí amb el cap i va continuar passejant. Quan va treure el cap per la porta de la cuina, el cuiner es va girar. La Virgi li volia demanar alguna cosa per picar, perquè la panxa li rondinava.

«Mala sort!», es va dir, en veure que l'home no li feia cas. Es va tirar els cabells enrere i va continuar passejant.

En Jan va tornar quan gairebé ja es feia fosc. Estava decebut.

–Nois, el doctor no l'he trobat per enlloc. La zona marcada en el mapa és un forat ple d'aigua que es deu haver format fa poc. I els monstres també han marxat. He descobert els rastres que han deixat: petjades de peus estranys, ossos d'animals, restes de fruita i una foguera. Però no he trobat res que indiqués en quina direcció se n'han anat. L'única cosa que m'ha cridat l'atenció ha estat una rotllana d'arbres tombats amb unes marques al mig. Semblaven marques d'esquís.

En Lluc va fer un esbós a la superfície per escriure del seu ordinador.

–Era una cosa així? –va preguntar a en Jan. El guarda va fer que sí amb el cap.

–Llavors està claríssim com han desaparegut els monstres! –va dir el noi.

Els altres tres el van mirar intrigats, perquè no seguien les seves ràpides deduccions.

Pregunta per a tu

Com ha sabut en Lluc què ha passat amb els monstres?

Un intrús nocturn

AQUELLA NIT en Pau es va despertar per culpa d'un malson. Quan va obrir els ulls va veure una ombra a la porta i va tenir un ensurt tan gran que va caure de l'hamaca. Però es va aixecar de seguida i es va llançar amb valentia damunt de l'intrús. Amb un moviment destre, el va tirar a terra i se li va agenollar damunt del pit.

–Que t'has trastocat? –el va escridassar una veu coneguda.

En Pau es va aixecar d'un salt. Havia atacat en Lluc!

–Noi, mira que peses! –va esbufegar en Lluc.

–Tot músculs, ni un gram de greix! –va dir en Pau, orgullós–. Què hi fas, aquí, a aquestes hores?

En Lluc va fer un bon badall.

–És que... no podia dormir. No em puc treure la Diana del cap. Ara deu estar contenta perquè sap que el seu pare és viu.

Però l'home també corre perill. Estic segur que aquests monstres el persegueixen, però no puc demostrar-ho.

Aleshores van sentir un soroll davant de la cabana. Els nois van callar i van parar l'orella.

Es van sentir unes passes. Algú caminava a poc a poc per allà fora, com si busqués alguna cosa.

–Ai..., ai..., i si ve cap aquí? –va murmurar en Lluc, mort de por.

Van sentir com el visitant nocturn entrava a la cabana d'ells i travessava a les palpentes la saleta. Desconcertats, es van mirar l'un a l'altre. Què havien de fer?

Llavors en Pau va anar de quatre grapes fins a la porta i es va arriscar a donar una ullada a fora.

–Ha entrat a la teva habitació! –va murmurar.

Aleshores van sentir com algú regirava l'habitació d'en Lluc. Es va sentir soroll de papers, cruixits, cops i espetecs.

–La meva cartera especial..., em remena la cartera! –va exclamar en Lluc, espantat, perquè en aquella cartera hi duia el seu equip complet de detectiu.

Sense rumiar-s'ho gens, va córrer cap a l'altra habitació. La porta era oberta i li va anar a parar al damunt una cosa que en la foscor semblava un cap amb una trompa. En Lluc va deixar anar un crit, però va agafar aquell cap volador. Va ser una sort. Perquè es tractava de la màquina de fotografiar que li havien regalat pel seu aniversari, que era molt cara.

–Ei, què hi fas, aquí? –va cridar.

Per resposta només va rebre un:

–Ug..., ug..., uaaa!

Una figura menuda i peluda es va esmunyir amb agilitat pel seu costat, va córrer cap enfora i es va enfilar a l'arbre que hi havia més a prop agafant-se a una de les branques que penjaven.

En Lluc es va sentir tan alleugerit que va

deixar anar una gran riallada. La Virgi, mig adormida, va treure el cap per la porta de la seva habitació i va preguntar:

–Què us passa? És l'hora d'explicar acudits o què?

–No, em pensava que hi havia un lladre a la meva habitació –li va respondre en Lluc–. Però només era una mona. Suposo que ha entrat a agafar els plàtans que hi havia al costat de l'hamaca.

Quan va encendre el llum de l'habitació va comprovar que tenia raó. Els plàtans havien desaparegut. I a l'habitació hi regnava un caos tan gran que ni ell mateix, volent-ho, l'hauria desendreçada més. La mona ho havia regirat tot per buscar més plàtans.

En Lluc es va afanyar a recollir les fotografies que havia revelat a la tarda. Hi va donar una ullada per comprovar que no n'hi hagués cap de feta malbé. I va fer un descobriment important. Va anar corrent cap a la Virgi i li va dir:

–Potser he trobat una pista d'on podrien ser el doctor Willis o els monstres.

A quina fotografia hi ha una pista?

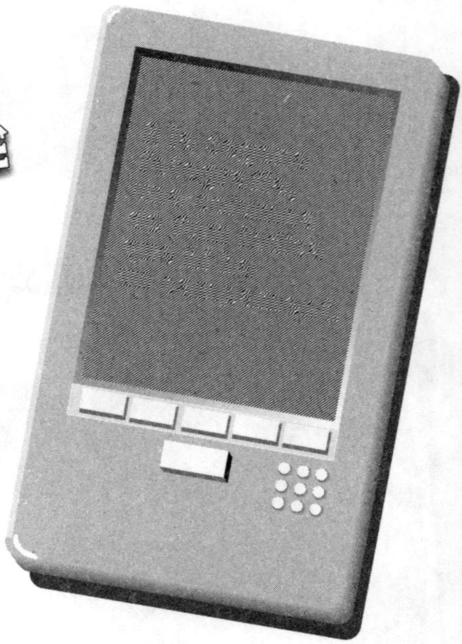

Sense escapatòria?

L'ENDEMÀ la Penya dels Tigres va ensenyar la fotografia a en Jan. El guarda també va pensar que el fum podria ser d'un foc de campament. I com que no estava permès d'acampar en tota la reserva, només es podia tractar del campament del doctor Willis o el dels monstres.

En Lluc, en Pau i la Virgi van explicar a la Diana què havien descobert i ella va dir que el millor que podrien fer era anar cap aquella columna de fum, a veure què hi descobrien.

–Jo m'encarregaré de buscar reforços! –va proposar en Jan, però els tres amics Tigres es van afanyar a treure-l'hi del cap.

–De la gent que hi ha aquí, no sabem qui són els amics del doctor i qui, els enemics. Valdrà més que no en parlis amb ningú, d'això, Jan –li va recomanar en Lluc.

El guarda va fer una ganyota, pensatiu, i després va fer que sí amb el cap.

–Doncs vosaltres també us quedareu aquí! –va dir amb decisió.

Al cap de poca estona, se'n va anar, amb el jeep. Pel camí li va venir set i va allargar la mà per agafar la cantimplora. L'havia deixat, amb les altres coses, a la part del darrere.

Mentre buscava la cantimplora a les palpentes, va tocar una cosa tova i calenta. D'una estrebada, va treure la lona que havia posat per damunt de l'equip i es van alçar quatre caps.

–No hi ha temps per tornar enrere! –va dir la Virgi, abans que en Jan els pogués esbroncar.

–Esteu bojos! –va remugar l'home, però en el fons, les astutes argúcies que se'ls acudien als membres de la Penya dels Tigres el tenien admirat.

Van arribar al lloc d'on havia sortit el fum pels volts de les dotze.

En Jan el va reconèixer de seguida. Era on s'encreuaven dos camins plens de sotracs i de pols. Va aturar el cotxe i va apagar el motor.

En Pau, en Lluc i la Virgi es van aixecar per tenir una vista millor. L'entorn era ple de roques i enmig hi creixia algun arbre. Gràcies a la proximitat del riu, les amples capçades dels arbres tenien un verd intens. L'herba també era més alta en aquell lloc i no estava tan resseca.

–L'helicòpter! –va exclamar en Pau, esverat, mentre indicava unes roques de pedra, per damunt de les quals apareixien els rotors.

–Els monstres! –va cridar l'espantada Virgi, que assenyalava cap a la dreta.

Ja els tornaven a tenir allà. Eren uns éssers estranys. La pell dels braços i les cames els penjava i estava molt arrugada. Els caps, toscos, tenien una forma estranya. Fent grans gambades i amb gestos d'amenaça, avançaven cap al jeep.

–De pressa! Accelera! –va cridar en Pau a en Jan. Però això era més fàcil de dir que de fer. Tiressin cap on tiressin hi havia dificultats.

Per on han d'anar? Només hi ha una direcció bona.

No són monstres!

EL GUARDA va fer girar el jeep i va donar gas. Però no va avançar gaire, perquè la veu que sortia d'un altaveu va cridar:

–Aturi's ara mateix i baixi del cotxe! Mans enlaire i que ningú faci cap moviment! Anem armats i no estem per bromes!

En Jan va frenar i va aturar el motor. Sense saber ben bé què fer, tots cinc van mirar cap a l'helicòpter, que sortia per darrere de les roques.

–Baixem, no podem fer res més! –va dir el guarda.

Amb les cames tremolant la Penya dels Tigres i la Diana van baixar del jeep. El cor els bategava tan fort que el notaven al coll, quan es van quedar drets allà, enmig d'aquell camí ple de pols.

Una figura vestida amb un equip de safari i amb un salacot al cap va saltar de l'helicòpter. Anava armada amb una escopeta.

–La Nora Costa! –va exclamar en Jan.

La dona va somriure amb malícia i va exclamar:

–No comptava de tornar-me a veure tan aviat, oi?

Per l'altra banda, els monstres se'ls acostaven perillosament. Ara els tres amics Tigres van veure què era en realitat aquella pell que els penjava, tan arrugada. Es tractava d'uns vestits protectors que els venien grans. Els caps rodons eren cascos que recordaven els antics escafandres dels submarinistes. A dins s'hi veien les cares d'uns homes i no feien pas l'efecte de ser gaire agradables.

–Què vol dir, tot això? –va preguntar en Jan a la Nora Costa–. Vostè és el cap dels furtius? Què són aquestes disfresses?

La Nora Costa va somriure triomfant i va dir:

–Dedueixo de les seves absurdes preguntes que no té la més mínima idea del que el doctor Willis va descobrir. Ja em va bé que sigui així. No vull que ningú més ho sàpiga.

–On és el doctor? –volia saber en Jan.

–De fet, aquesta pregunta me l'hauria de respondre vostè, o potser la filleta del doctor!

La Diana, espantada, va acotar el cap.

–Jo... no ho sé –va vacil·lar–. Però... no vull que li passi res, al pare.

–I no ha de passar-li pas res de dolent si em dóna el que vull –va replicar la Nora Costa. Però no els va explicar de què es tractava.

Mentrestant, els seus ajudants ja s'havien tret les enormes granotes que duien. Devia fer una calor horrible allà dins, perquè a més de les granotes només duien un vestit de bany.

–No van armats! –va comprovar en Lluc, sorprès.

La Nora Costa es va acostar a la Diana i la va agafar de mala manera per la jaqueta.

–Així doncs, on s'ha ficat el teu pare? Fes el favor de dir-m'ho ara mateix!

La Diana se la va quedar mirant, morta de por, i no parava de repetir, vacil·lant, que no en tenia ni idea.

I llavors, tot va anar molt de pressa. En Pau, que era al costat de la Nora Costa, amb un moviment de karate ben dirigit, li va fer caure l'escopeta de les mans i li va immobilitzar els braços a l'esquena.

En Jan va recollir l'arma i va dir:

–S'ha acabat el joc, Nora Costa!

La dona es va posar a riure.

–El que té a les mans només és una escopeta per narcotitzar animals i ni tan sols està carregada. Amb una sola ordre els meus homes l'escarmentaran!

En Lluc va donar un cop de colze a la Diana i amb un gest li va assenyalar el Jumbo, l'elefant.

L'animal se'ls havia acostat i s'havia aturat a uns cinquanta metres del camí, just entre els agressors i ells.

–Portes el xiulet? –li va murmurar en Lluc. La Diana va fer que sí amb el cap.

–Doncs, va, crida'l! Aquests individus no van armats. Quan l'elefant se'ls acosti, segur que fugiran!

La Diana es va posar el xiulet a la boca. Però estava tan nerviosa que no podia bufar.

–Dóna-me'l! –va dir en Lluc–. Com és el senyal perquè el Jumbo s'acosti?

La Diana s'entrebancava tant parlant que en Lluc no la va entendre.

Mal llamp! Com era el senyal? En Lluc l'intentava recordar.

Pregunta per a tu

Com és el senyal que s'ha de fer amb el xiulet?

El còmplice

EN LLUC va bufar amb totes les forces i el xiulet va tornar a deixar anar aquell so greu i fort. Quan va haver fet tres xiulets curts i tres de llargs, el Jumbo es va posar a trompetejar i va córrer cap als delinqüents amb passos contundents.

Quan el van veure, van fugir cridant, de manera que el camí cap a l'helicòpter va quedar lliure per a en Jan, la Diana i la Penya dels Tigres.

El guarda va engegar el jeep i va conduir en direcció a l'helicòpter. Si dins de l'aparell hi havia armes, les havien de fer desaparèixer perquè els delinqüents no poguessin ferir l'elefant.

En Lluc es va asseure al seient del pilot i es va amagar la clau que servia per posar en marxa el motor.

La Nora Costa i la seva gent ara estaven atrapats. Alleugerit, en Lluc va comprovar que a l'helicòpter no hi havia armes. Per tant, el Jumbo no corria perill.

Llavors van sentir un xiscle.

La Nora Costa havia volgut passar pel pont de fusta podrida que travessava el riu i havia caigut a l'aigua. Unint esforços, els seus homes van aconseguir de treure-la'n, mentre ella no parava de renegar.

–Gràcies, Jumbo! –va cridar la Diana i el va saludar amb tots dos braços. L'elefant va trompetejar fort i es va allunyar a poc a poc.

En Jan només volia tornar al campament amb la Diana i la Penya dels Tigres pel camí més curt. Havia badat i s'havia deixat el transmissor i, per tant, no podria avisar la policia fins que fossin al centre d'investigació.

Però quan tots cinc hi van arribar, van comprovar, esglaiats, que el potent aparell de ràdio que els mantenia en contacte amb el món exterior estava espatllat. En Lluc en va tenir prou amb una sola ullada per adonar-se que l'havien fet malbé expressament.

–Sabeu què vol dir això?

–Que la Nora Costa té un còmplice aquí. Sap que hem descobert el seu joc i ara intenta impedir-nos que avisem la policia –va dir la Virgi.

En Lluc va fer que sí amb el cap.

–Però, qui és? Qui pot ser? –es preguntava la noia.

En Lluc es va netejar les ulleres amb molta energia, senyal que es concentrava per rumiar. Per fi va dir:

–Potser es tracta de la mateixa persona que va atacar la Diana. Ella va sorprendre el lladre quan intentava robar-li les dues cartes del seu pare.

La Penya dels Tigres va córrer cap a la filla del doctor Willis i la van interrogar demanant-li detalls sobre el seu atacant. Però la Diana va fer que no amb el cap.

–Les cortines estaven tirades i la sala era a les fosques. Quan vaig obrir la porta, aquell individu va passar pel meu costat. Llavors vaig veure les cartes i les hi vaig prendre.

»Llavors ell em va empènyer i em va fer caure a terra. Jo estava mig estabornida i no podia demanar auxili.

–Ei..., em sembla que ja sé qui és el lladre!

–va dir la Virgi–. Aquest individu no s'ha adonat que ha comès un error. Com és que no hi he caigut abans?

–Val més tard que mai! –va dir en Lluc, somrient.

Tony Randall

El cuiner

Martin

Jan

Pregunta per a tu

Qui és el còmplice de la Nora Costa?

Comprova si has encertat la resposta amb el descodificador.

La veritat sobre la tortuga

MITJA HORA després, el còmplice de la Nora Costa estava lligat en una de les cabanes que servia de magatzem. El vigilaven tres guardes i el gos, el Lumpi.

Malauradament, però, en Tony no estava disposat a dir res sobre el cas. Què pretenia la Nora Costa? Quin paper hi tenien els monstres? Ningú ja no es creia la història dels caçadors furtius. Tot era una maniobra per dissimular els objectius autèntics.

–Hem de trobar el doctor Willis! –va dir en Jan–. Els seus enemics ja els hem desemmascarat i els tenim fora de combat. Però on deu ser, ell?

–Ei, potser ha tornat a enviar un colom missatger! –se li va acudir a en Lluc.

Es van afanyar cap a l'arbre on hi havia el colomar. En Pau es va tornar a enfilar pel tronc. I, decebut, va comprovar que hi havia el mateix nombre de coloms que el dia abans.

Per tant, no n'havia arribat cap de nou.

Llavors va aparèixer un altre jeep. Però el conductor va girar cua tan bon punt va veure en Jan i la Penya dels Tigres a sota l'arbre.

–Ep, Martin! –en Jan va cridar al conductor–. Espera't!

Però el seu company va fer com si no el sentís i es va dirigir cap a les cabanes a tota velocitat.

–Però..., què li ha agafat, a aquest? –va dir la Virgi, estranyada.

Mentre la Penya dels Tigres i en Jan encara en parlaven, es va tornar a acostar el jeep d'en Martin. Aquesta vegada es va aturar i l'home en va baixar. Semblava encara més esverat que els dies anteriors.

–Ho sento, ho sento! –no deixava de repetir mentre estrenyia les mans a tothom. Ells quatre no sabien com interpretar-ho i se'l miraven intrigats–. No sabia que vosaltres no hi teníeu res a veure, amb aquest assumpte –va dir-los–.

He estat massa desconfiat. Perdoneu-me, sisplau. Però ara m'acaben de dir que heu desemmascarat els delinqüents, i per això he vingut una altra vegada. Fantàstic! Ara, per fi, el doctor podrà tornar.

–Que s'ha trastocat, la tortuga? –va preguntar en Lluc a la Virgi, en veu baixa.

La noia va haver de fer un esforç per aguantar-se el riure, perquè aquell malnom li semblava molt graciós, i li va murmurar com a resposta:

–No és això, només està content. M'hi jugo el que vulguis que és l'ajudant del doctor Willis. Segurament, aquella nit que el vaig veure sortir d'amagat, devia haver vingut a mirar si havia arribat algun colom missatger.

Això va aclarir les coses a en Lluc.

–Sap on s'està el doctor? –va preguntar en Pau a en Martin.

Però l'home va fer que no amb el cap.

–No, però segur que ha tornat a enviar un colom missatger.

En Pau va fer un gest, negant-ho.
–N'hi ha tants com ahir! –va dir.
–Doncs això vol dir que n'ha arribat un de nou. Perquè aquest matí me n'he endut un a la meva cabana, perquè tenia una ferida a l'ala.

En Pau es va tornar a enfilar a l'arbre ben de pressa i va tornar a donar una ullada al colomar. Li feia ràbia no haver-s'hi fixat més bé, abans.

Pregunta per a tu

Quin colom acaba d'arribar?

Un verí misteriós

AL VESPRE van fer una gran festa. El doctor Willis havia tornat de l'amagatall i els seus col·laboradors ho celebraven amb gran alegria. La Diana estava radiant.

–Per què va fer veure que s'havia mort? –volia saber en Lluc.

El doctor Willis va sospirar i després va dir:

–Perquè he fet un descobriment sensacional. Durant les meves rondes d'inspecció per la reserva, em va cridar l'atenció una planta. Es tracta d'una planta paràsita, que creix als troncs dels arbres i, per dir-ho d'una manera senzilla, els xucla la saba. Té unes fulles amb punxes i les tiges plenes d'unes espines llargues i punxegudes. Si algun animal s'hi punxava, l'efecte era impressionant. L'animal quedava com drogat i perdia la voluntat. Ja no fugia quan apareixia algun enemic natural seu i no s'adonava de cap perill. He estudiat la planta

i he comprovat que el verí també fa efecte en les persones. Si s'administra a algú, el poden arribar a convèncer perquè faci qualsevol animalada i la durà a terme sense qüestionar-se res. Ja veieu que l'ús d'aquesta substància suposa un perill!

La Penya dels Tigres escoltava amb interès.

–Vaig fer la imprudència d'escriure un informe sobre el descobriment d'aquesta planta i suposo que va anar a parar a les mans d'en Tony. I ell, tot i que jo aleshores no me'n vaig adonar, va oferir el verí a alguns personatges de reputació molt dubtosa. Un dia vaig rebre una carta. M'hi amenaçaven i m'hi deien que si no els descrivia bé la planta i deia on era, la meva vida correria perill.

–O sigui que en el seu informe només parlava dels efectes que produïa, però no hi esmentava ni el lloc on es troba ni l'aspecte que té... –va dir en Lluc–. Per tant, l'havien de pressionar perquè donés aquesta informació.

El doctor Willis va fer que sí amb el cap.

–No sabia què fer. No convenia cridar l'atenció sobre aquesta planta. Ningú no n'havia de saber res. Però com que les amenaces eren cada cop més greus, amb l'ajut d'en Martin vaig planejar fingir la meva mort.

Vaig enviar missatges en clau a la meva filla amb l'esperança que els desxifraria i que coneixeria la veritat. Amb uns amics tan llestos com vosaltres tot ha anat encara més de pressa que no em pensava! Jo em vaig amagar en una estació d'observació. Mitjançant els coloms missatgers estava en contacte amb en Martin. Ell havia d'observar amb atenció què passava al campament després de la meva desaparició. Jo tenia l'esperança que el xantatgista es delatés o es donés a conèixer obertament. I, com heu comprovat vosaltres mateixos, les coses han anat així.

Aleshores en Lluc va entendre per què els còmplices de la Nora Costa havien de dur aquells vestits de protecció. Eren imprescindibles perquè no s'enverinessin si trobaven la planta.

–I ara què passarà? –va preguntar.

El pare de la Diana va somriure amb picardia i els va dir:

–Doncs que tot rastre de la planta desapareixerà i ningú no se'n podrà aprofitar. És una planta que només apareix cada dos anys i viu molt poc temps. Destruiré tots els dibuixos i informes que n'he fet. La possibilitat que algú descobreixi aquesta planta és molt petita, perquè només creix en un sol arbre de tota la reserva. I aquest arbre ja és molt vell...

Després d'aquella explicació, el doctor va prometre als amics Tigres una sorpresa. Com a agraïment per la seva col·laboració els va regalar un recorregut especial pels llocs on criaven els animals, perquè veiessin cries.

Els dies a l'Àfrica van transcórrer massa de pressa i quan la Penya dels Tigres ja era dalt de l'avió, volant cap a casa, la Virgi va preguntar:

–Escolteu, nois, creieu que alguna vegada tornarem a viure una aventura tan genial?

–Esperem que sí! –va dir en Lluc, i tots tres van exclamar, rient:

Som els Tigres,
som genials!
Podem resoldre
qualsevol cas!

Fitxa del cas

El safari dels monstres

El quart membre de la Penya dels Tigres

(posa-hi el teu nom)

ha resolt aquest cas...

no — una mica — passablement — bé — molt bé — de primera

Lluc Virgi Pau

Nom: Thomas Brezina
El meu fort: m'agrada molt escriure històries interessants i divertides que m'hauria agradat llegir de petit. Ja he escrit més de cent llibres, molts dels quals són en CD-ROM. Sóc el presentador d'un programa de preguntes i respostes a la televisió i del joc d'investigació policíaca *La bona pista*. També sóc ambaixador de la UNICEF per Àustria.
El meu problema més gran: no tinc paciència, sóc molt desordenat i a vegades, quan m'estic inventant les meves històries, als meus amics els sembla que estic una mica trastocat.
Trobo fantàstic: els aparells electrònics curiosos i els ordinadors, el meu gos Putzi (que sembla un plomall amb potes), l'estiu i la llum del sol, els musicals i les pel·lícules.
Tret identificatiu: col·lecciono rellotges bojos. En tinc un, per exemple, que va cap enrere.
Web: www.thomasbrezina.com

Un cas per a tu ...i la Penya dels Tigres

1 El Temple del Tro
2 El misteri de l'hípica
3 L'avió fantasma
4 Els robots cavallers
5 La Costa dels Esquelets
6 La maledicció del faraó
7 L'helicòpter del malson
8 Monstres invisibles
9 El vapor del Mississipí
10 El safari dels monstres
11 La góndola misteriosa
12 El casc de la calavera
13 Els Pantans Embruixats
14 Una mòmia al volant
15 La mà del monstre
16 La masmorra oblidada
17 Pirates extraterrestres
18 L'ull de foc
19 El cowboy sense cara
20 El misteri del casalot abandonat
21 El fantasma del camp de futbol
22 La màscara misteriosa
23 La muntanya maleïda
24 La nit dels ninja
25 Els pirates d'internet
26 El cementiri dels dinosaures
27 A qui truca el vampir?
28 Un espectre a la classe
29 El sabre del samurai
30 El palau de les panteres platejades

I no t'oblidis del SUPERCÀS de la Penya dels Tigres

1 Verí a l'escola
2 L'illa de les serps
3 Xiscles a la casa encantada
4 Els lladres de tombes
5 Presoners a l'edat de la pedra
6 El sepulcre dels extraterrestres

MANUAL
DE DETECTIU